U0009636

LOCUS

LOCUS

LOCUS

LOCUS

ONE PERSON
一個人住 蔡欣怡 作品

每當我睡覺時，KEEBIE就會跑來，陪伴著
我入眠；有時睡我肚子上，有時睡在我背
上；我時常被他的體重壓醒～～ZZZ

前幾天我回L.A.整理行李，把還沒辦完的事情辦好。因為這次搬S.F.搬得太匆忙了，很多事都未完成，這次是飛回去的，所以無法帶KEEBIE一起去。

在找不到人幫我代養的情形下，我只好將KEEBIE放在家裡。我怕牠餓，雖然只去4天，但卻放10天份的食物。我回家的那天，門一打開，居然看到牠對我露出牙齒，好像牠驚訝得把嘴張開，這是我從未看過的景像。

← 變胖了!!

← 食物呢?!

4天後

HAPPY

4天前

牠把我鞋櫃和衣櫃裡的東西全部弄亂，好像在抗議一般，很顯然我不在的這四天，牠很生氣，而且很無聊，而那10天份的食物呢？你猜牠吃完了沒？

呵～呵～

catch 54 一個人住
(*One Person*)

作者：蔡欣怡
攝影：何經泰
責任編輯：韓秀玫
美術編輯：何萍萍
法律顧問：全理法律事務所董安丹律師
出版者：大塊文化出版股份有限公司
台北市 105南京東路四段25號11樓
www.locuspublishing.com
讀者服務專線：0800-006689
TEL：(02) 87123898　FAX：(02) 87123897
郵撥帳號：18955675　　戶名：大塊文化出版股份有限公司

總經銷：大和書報圖書股份有限公司　　地址：台北縣三重市大智路139號
TEL：(02) 29818089 (代表號)　　FAX：(02) 29883028　29813049
排版：天翼電腦排版印刷有限公司　　製版：瑞豐實業股份有限公司
初版一刷：2002年 12 月

定價：新台幣 160 元
Printed in Taiwan

我喜歡…

我是1977年出生，出國唸書多年後回到台北，頭一次聽到別人問：「妳是幾年幾班？」後來才知道是問我民國幾字頭出生，我是六年六班的，我常被問：「妳們六年級的女生都喜歡甚麼？」根據我觀察，我的朋友們，一群六年級的女生聽到某些事情都會眼睛發亮。

◎慾望城市——我很喜歡它，買了一整套原版的DVD，這部影集的劇本幽默，演員出色，我喜歡劇中人的生活和工作方式，他們的工作充滿了creative。我也喜歡演員的穿著，他們穿的是年輕設計師的作品，這些服裝設計師都會是明日之星。還有Carrie在劇中穿的鞋子也是超好看的。

◎ 馬靴形狀的項鍊——慾望城市中Carrie有戴，很好看。

◎ Blythe——1972年美國公司推出了一款頭大、眼大、身體小的Blythe娃娃，我喜歡她們是因為很人性，她們的背後有一條繩子，拉繩子可以改變眼珠的顏色，改變成綠色、粉紅色、藍色、橘色。這款娃娃當年不受小朋友歡迎，所以才賣一年就不見了，現在又開始大流行，日本Vogue雜誌為了這些娃娃還做了一本專刊。我也在收藏Blythe娃娃，聽說舊版的娃娃在網路上已經飆到一千美金了。

◎ 倫敦 Anya Hindmarch提袋——Anya Hindmarch是倫敦的提袋設計師，過去他曾經把M & S、Maltesers、Smarties等零食品牌化為精緻提袋；他設計的袋子中間都會有一個小蝴蝶結。他標榜Be a Bag，2001年九月曾在倫敦舉行慈善拍賣，用Elton John、Kate Winslet、Ewan McGregor、Paul Smith，以及王菲、張曼玉、鄭秀文等明星的心愛照片，設計出獨一無二的袋子作義賣。

◎ 喜歡鞋子、大蠟燭——有人說從鞋子可以看出個性，我也常用這個方法去猜測個性。我喜歡買鞋，光在上海住處，我就有50雙鞋子。我還喜歡把各式各樣帶香味的大蠟燭放在一起，假日就讓它燃燒一整天，讓空氣飄香，心裡覺得溫暖。

◎ 喜歡的裝潢——深色木頭配磨砂玻璃、簡約的白色系傢俱(像白沙發、白床單等)。

◎ 喜歡SPA、吃辣、在pub小酌、旅行。

◎ 喜歡享受——不會特意存錢，特別不會想存錢買房子、買車子。

◎ 喜歡毛皮的東西——朋友來上海找我玩，我帶他們夫妻去shopping買了很多東西，可是告別時，朋友的太太，也是六年級的女生，說她最喜歡的是我建議買的兔毛圍巾，因為毛皮感覺很可愛，很活潑。

◎ 喜歡在飯店裡開party——我的一群朋友偶爾會在飯店裡租房間開party，每次大約20個人參加，大家一起喝酒、聊天，費用大家攤，熱鬧有趣，既不會吵到別人又不用打掃房間、整理餐具。最好玩的一次是租了飯店的總統套房，費用大約是七萬，來了30~40人，大家享受到大飯店做VIP的好處。

◎法國Moet & Chandon 出產的香檳——深得法皇拿破崙喜愛。是讓人聽到眼睛會發亮的美酒。

◎ 法式指甲——法式指甲就是貼上指甲貼片後，在指甲的白邊上塗上白色指甲油後再塗上一層透明的指甲油；指根的部份則是塗上透明、粉紅、膚色，看起來很有女人味，穿衣服配甚麼都好看，貼片也可以維持很久。

◎ 喜歡貓——喜歡貓的獨立、不需要照顧，就像六年級女生。養一隻貓，牠不會像狗一直兜著你轉，你需要牠，牠就過來，你不理牠，牠也不會理你。

◎ Lix Jeans牛仔褲——這個品牌沒有店面，只有代理商，Lix Jeans生產超低腰高單價的牛仔褲，它的總公司在美國。台灣頂好名店城內和安和路上的某家店有販售這個品牌。影星小甜甜、濱崎步、藍心湄等都是愛用者。這個牌子的牛仔褲穿上會非常合身，就是彎腰也不會突出一塊。

一個人住開始囉！

我的名字是KEEBIE，我今年3歲，我有一個很愛我的媽咪Cindy，媽咪在我6個月大時看見我在外面流浪，於是帶我進家裡，請我喝牛奶，從此以後，這就是我的家了。

6ㄍ月大。未肥胖前。

我平時最愛的嗜好就是吃和睡覺。媽咪很愛我，所以都買最好、最營養的東西給我吃，我吃啊、吃啊～如今我已變成10公斤了！

經過長途飛行，終於在今晚到達了洛城。一進家門我丟下 LUGGAGE，馬上跑去朋友家接KEEBIE，牠一回到家裡就咕嚕咕嚕得好大聲，連走路去喝口水都咕嚕得好大聲～而且一直看著我，跟著我走來走去（好反常！）

牠是真的非常想念我呢？還是因為我不在的這一個月，牠過得很不快樂呢？

(Hmm...應該是這樣…)

幫我養貓的那個女生，家裡有一隻大獵犬，可能是因為如此，牠這一個月都活在恐懼中，WOO～～～～～我可憐的肥貓

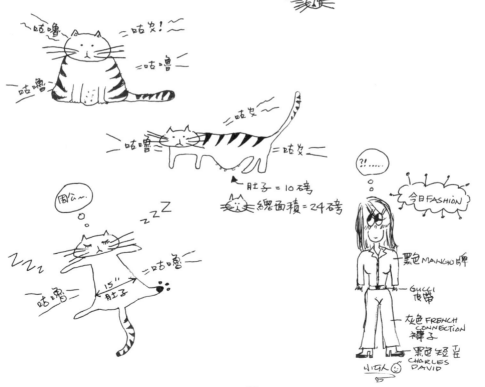

13

今天我看到了有史以來最可怕的貓畫面……事情是這樣的……今天在
一個很偶然的機會中，看見KEEBIE慢跑的背影～～～～～

刹那間，我看到‥我看到…看到……

Keebie の 背影

我看到牠那壯碩肥大的肚子跟著牠跑步的拍子左右甩動著……

SPEECHLESS....

14

我和KEEBIE有許多娛樂活動，如：

抱著KEEBIE跳舞轉圈圈……

隔壁的鄰居

和KEEBIE講悄悄話……

KEEBIE非常怕吸塵器，牠只要聽到聲音或看到那台吸塵器就馬上躲到衣櫃
裡，或是馬桶後面，我一直很好奇WHY？？多大聲的音響、噪音牠都不怕，
就是怕吸塵器，莫非…牠幼年時曾差點被吸過？

KEEBIE和我常做的事情之1

每當我睡覺時，KEEBIE
就會跑來陪伴著我入眠；
有時睡我肚子上，有時睡
在我背上；我時常被它的
體重壓醒。

前幾天我回L.A.整理行裡，把還沒辦完的事情辦好，因爲這次搬到S.F.搬得太匆忙了，很多事都未完成，這次是飛回去的，無法帶KEEBIE一起去。在找不到人幫我代養的情形下，我只好將KEEBIE放在家裡，我怕它餓，只去4天但卻放十天份的食物，我回來的那天，門一打開，居然看到牠對我露出牙齒，好像牠驚訝得把嘴張開，這是我從未看過的景像。

← 變胖3!!

← 食物呢?!

光

4天後

HAPPY

貓食

4天前

牠把我的鞋櫃和衣櫃裡的東西全部弄亂，很顯然我不在的這4天牠很生氣而且很無聊，而那十天份的食物呢？你猜牠吃完了沒？呵～呵～

在日本友人的幫忙下幫KEEBIE洗澡。

幫KEEBIE洗完澡後，牠的體香一直不停地從遠方
飄進我的鼻子裡。

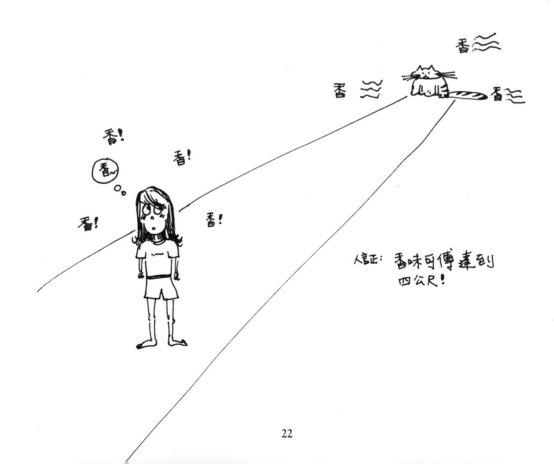

人証：香味可傳達到
四公尺！

22

← 捲不過去的尾巴！

新年新希望！
我們家KEEBIE也有新希望！

減肥計劃.

最佳貓主角.
貓登峰.
菲夢貓.
自然貓.
喵喵話題.
伊貓亞.

這是我送給KEEBIE的新年禮物！

24

半大不小的旅行

封面上的底圖是我在1993年回台灣參加暑期海外青年華語研習營(天哪，好長的名字)，親手畫給蔡老爸的，蔡老爸是我對爸爸的暱稱，從小蔡老爸教育我的方式就是給我完全的自由，我還在念小學，爸爸帶我出去吃飯就讓我自己決定自己要吃什麼餐廳，要吃什麼菜；十二歲，我們家移民到加拿大。十四歲那年，心裡動了一個念頭，想自己一個人出國去日本玩，我知道只要說出來，蔡老爸一定會同意，十四歲是個尷尬年齡，其實並不懂得許多，但是已經想要自己完成一些事，一些冒險的事。於是我說出了心願，蔡老爸也如我猜想的舉手贊成，親愛的媽媽則是傷心地把我送上飛機。兩個星期後我平安回到加拿大。

現在告訴你，十四歲，一個人出國一點兒也不難。

我猜你一定很好奇，十四歲的我在日本做了什麼？

當時還沒有「哈日」這個詞，我也不是因為哈日的緣故選擇日本，總之我住在飯店裡，過著虛無的生活，享受自己一個人，逛街一個人，吃飯一個人，走路一個人，玩耍一個人……那時候我並不會說日文，其實一個人有點兒無聊，但是一個人也沒甚麼不好。

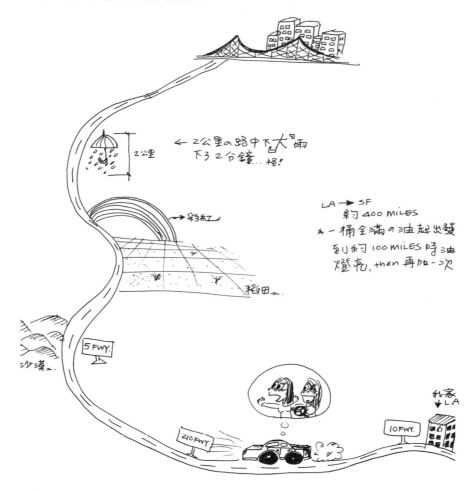

←2公里の路中下大雨
下了2分鐘...怪!

2公里

→彩紅

稻田。

5 FWY.

沙漠。

210 FWY.

LA → SF
約 400 MILES
★一桶全滿の油起出發
到約 100 MILES 時油
燈亮, then 再加一次

我家
↓LA

10 FWY.

我和好友Tina一起開車去San Francisco主要的高速公路到那是5號公路,我們連地圖都沒有,就這樣摸索到S.F.。我們只知道5號公路能到S.F.,由於一路上都有指標,所以並沒迷路而順利的在5小時的車程內到達城裡。一路上(5號公路)路途十分Dramatic,在30分鐘內看到不同的景象,先是大太陽,看見沙漠在一旁,之後馬上看到大彩虹,結果一瞬間下了2分鐘的大雨,怪吧!讓我們有做夢般的感覺。

從L.A.開車到S.F.時，我的兩門車塞了滿滿的東
西要搬到S.F.的新家去，車裡什麼都有；電視、
棉被、鍋子等等，當然還有KEEBIE，我的好友
Tina（她陪我去，她還要去牙科碩士interview，
好厲害！）車子滿到車廂一打開東西就掉出來；
我和Tina的椅子成90度角，一路就坐90度角，開
了5個小時，KEEBIE唯一能坐的地方只有Tina的
大腿，雖然很擠，但我們一路吃吃喝喝快樂的過
了5個小時，感覺好像一下就到了。

第一天到舊金山（San Francisco＝S.F.）就感覺到要全部從頭開始好辛苦，有18歲時一個人到L.A.念書的感覺，但這次難多了，第一，S.F.我一點都不熟，又沒朋友在這裡，只能偶爾靠朋友的朋友（不太熟）帶。第二在S.F.找公寓真不簡單～價錢方面很貴（約1100美元以上），不是又舊又貴，就是沒有停車位，十分麻煩。因為太不順利了，所以只好先睡HOTEL，但連HOTEL都找了好久，因為S.F.的小飯店也是一小間一小間的，很不引目，忙了一整天，我才9點就去夢周公了。

黃字紫底的TAXI就是舊金山新發行的雅虎計程車，它和別的計程車唯一不同的就是當你坐上車時，將會看到一台筆記型電腦，你可以邊坐車邊上網，查EMAIL，買賣股票，司機告訴我們，常常有時候客人已到了目的地卻不下車，要他等一下，繼續跳表，他也時常因為這樣得到不少小費呢！

舊金山到處都是斜坡，就好比從我家到學校的路
程雖然只是短短的5分鐘距離，卻是又上又下的。

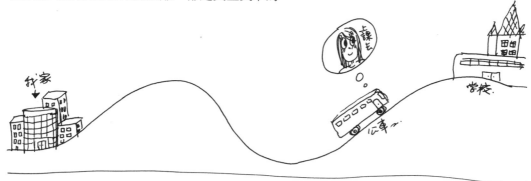

由於許多坡度都很斜，所以警察規定輪子停車在坡上時要打斜，如被抓到
沒有打斜會被罰款。我時常在路上看到輪子打錯邊的車子，不小心就會滑
出去喔！嘻！

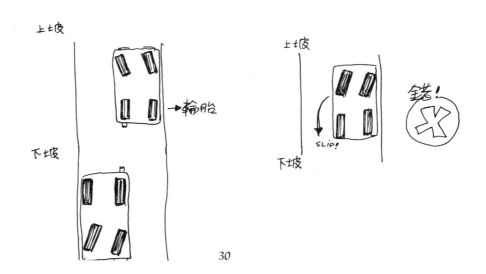

大學畢業後我並不想留在加州工作，因為我
覺得美國的生活方式容易讓我失去衝勁。

在舊金山市區內最大的SHOPPING AREA
叫 "UNION SQUARE" 它的中心位在一個
方型的公園，而那公園的四周都是名店。

姓名：

地址：

市 鄉/鎮

縣 市/區

街 路 段 巷 弄 號 樓

（請寫郵遞區號）

大塊文化出版股份有限公司　收

1 0 5

台北市南京東路四段25號11樓

邊的小咖啡屋喝東

金山北邊有兩條小

Street路上有數個小

方。

舊金山的出名旅遊勝地之一就是電影THE ROCK裡拍戲的監
獄惡魔島—Alcatras。
從舊金山漁人碼頭坐船去島上大約5至10分鐘，門票每人約台
幣400元，那兒的監獄還可以給旅客嚐嚐被關的滋味！

上個weekend有朋友從L.A.來找我玩，於是我們就
帶他去舊金山有名的NAPA VALLEY，去那裡車程
約一小時，從S.F. CITY去的話先過BAY BRIDGE，
然後走 580 公路接 29 號公路就到了。

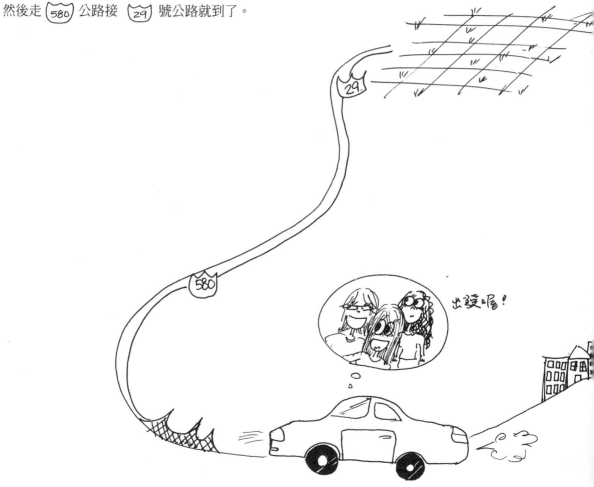

NAPA VALLEY的名產是紅／白酒，那有許多有名的WINERIES
出產一些加州的好酒，每家酒廠都可以參觀及試喝他們的種類很
多，光試喝都來不及了。☉‿☉
那裡除了酒廠外，還有許多的溫泉和MUD BATH呢～～

那裡的酒廠，外型都很像古老城堡，很美麗。當我們品嚐完紅酒，我們和許多人一樣，買一瓶約15美金的白酒「MUSCAT」。那是屬於一種甜點酒，通常是主菜上完後供應的酒，它有一種很香甜的味道，除了白酒以外，我們還買了那裡現做的cheese和法國麵包，舒服的在陽光下享受著。

今晚去了一家十分古怪的餐廳在San Francisco16街
近Market街,它是一家阿拉伯餐廳,燈光暗暗的,
吃飯時有美女在一旁跳拉丁肚皮舞,令我們吃得十
分不專心。

敞篷車在美國是十分普遍的。

坐在朋友的敞篷車時～～！

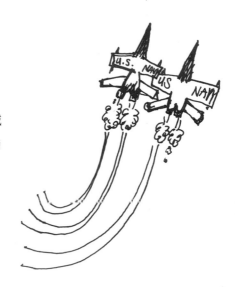

每到10月份舊金山就會有一年一度的戰鬥機表演叫 "Blue Angles" 在金門大橋上空做360度翻滾，吸引不少人去看。

Angels in the Bay

COURTESY OF THE US NAVY

The U.S. Navy Blue Angels *roar above the Bay in formation concluding this years Fleet Week. The festivities also included the annual parade of ships led by the aircraft carrier USS Lincoln.*

接下來我要說一個小插曲，這件
事發生在某一個旅途中。有一
次，在要回美國的最後一個禮
拜，我和友人臨時決定去香港渡
過最後一個在Asia的週末——

到了香港才想到自己似乎忘了
告訴蔡老爸此事，但都已到了
又怎麼告訴他呢？於是很天真
的想；反正後天就回台北了，
就不用說了……

很不幸的，我們要走的那天香港颳8級大颱風，就在我們等
我們那班Delay的班機#642終於到達香港時，它翻機了！
我心想「完了」！
1.蔡老爸不知我到了香港，不但如此，我原本要坐的飛機翻
　機爆炸了！
2.明天回不了美國了……
但友人似乎十分高興，第一次到香港的她心想：「太好了！
又可以多逛幾天！」

我和友人慶幸自己命大，
沒有坐上出事的飛機。

許多新聞媒體都到機場做實況轉播，
我忙著躲來躲去的，而友人卻是忙著
補妝…

兩天後，我們終於可以離開香港了，
起飛前在飛機繞跑道時還親眼見到
#642班機的樣子，十分驚人，當時的
情況一定很危急。

回到台北時，並沒有隱瞞，我還是把實情告訴
了蔡老爸，蔡老爸說是上帝處罰我到最後說出
了實話，我知道不是的，其實告訴他是因為我
想把這件INCIDENT畫在這本書上告訴大家。

18歲的DIY

從小我就喜歡室內設計，蔡老爸是個藝術家，家裡的房子都是他自己設計，然後找人來施工。應該是從小耳濡目染，我一直想學室內設計。

18歲那年，我離開家人眞的就去追尋夢想，當時就讀於L.A.的設計學校，因爲離家開始租房子住，我在租來的房子裡進行變裝革命，我用自己畫的設計圖裝潢房子。用格子系的雙色床單配上冷色系的餐具，餐巾也用灰、白、黑色。同時還嘗試自己DIY燈具，用鐵絲網做圓柱形的燈罩；比較滿意的是用石膏做的3D椅，這張椅子我用在加州IKEA買來的木椅拆掉椅背，以自己的拳頭做模型，一拳一拳疊上去，噴成一張有靠背又風格獨具的白色椅子。在美國租的房子內大多有開放式廚房，廚房有一邊是吧檯，我買了銀色的調酒器，想玩調酒，但是沒成功；後來我抓到自己喜歡的極簡風格，就比較少做變化了，這樣也比較節省。

離家在外讀書其實很辛苦，室內設計課程對我而言不難，我很enjoy其中，對於未來，室內設計師並不在我的計劃之列，我對未來的期待很實際，希望能做自己喜歡的創意類的工作。

飛吧！
飛向你的國度吧！

剛從台灣回到美國就開始全身過敏（未發生過…）
我一向驕傲的「皮膚」竟然變成了101忠狗的斑點。

新學期，新開始，
第一天學校每個人似乎都打扮得特別漂亮，
當然，我也不例外。

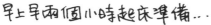

這是我の英文老師！頭亮亮の，留著一頭の白髮！

學期剛開始時，學校的社團都會有辦迎新會來歡迎新生，台灣Association也不例外，在金門橋下的"Baker Beach"舉辦了烤肉B.B.Q.，我也因此認識了許多新進來本校的台灣同學。

在Baber Beach金門大橋下，有一區是男性裸體日光浴
的所在地，我在吃B.B.Q時，一群好奇的女生早已跑
去偷看外國男生曬太陽了…！

（眼睛都是咪咪眼...）

在我們大學裡有許多的韓國人，
我覺得他們都有一個特徵——都
長得很像狐狸！

今天天氣好好，於是我和好友Midori在我們的校園野餐，我帶了野餐布，她帶了相機，我們在學校餐廳買了一些沙拉和水果；就在學校正中央的草地野餐起來了！星期五的下午在太陽下真舒服啊～！

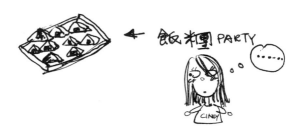

今天去參加校內日本社團辦的活動，付美金5元有飯糰
晚餐和賓果遊戲（聽起來一定很無聊吧？）
Well，Party主要目的是讓新生認識一下環境，於是我
們（約60人）5人圍成一個圈，然後大家自我介紹……

　　日本友人告訴我說，她今天在學校認識了一個會手語
的同學，於是她學會了如何用手語說"STUPID"。

室內建築系並不難，但有EXTREMELY多的圖要畫，好像永遠有做不完的功課，老師並沒有怎麼教，他只告訴你要做什麼，但你自己要去PROBLEM SOLVE你設計的問題。

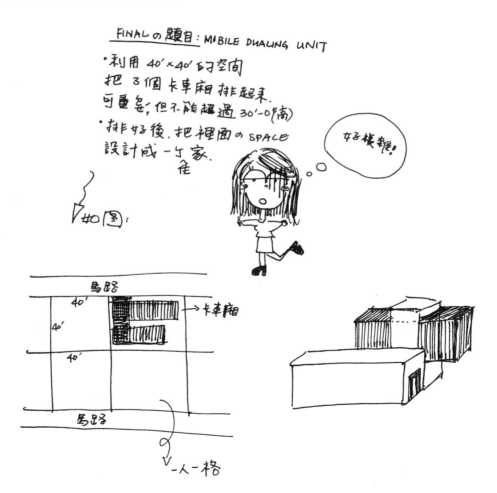

FINAL の題目：MOBILE DUALING UNIT

· 利用 40'×40' 的空間
  把 3個 卡車廂 排起來.
  可重疊,但不能超過 30'-0(高)
· 排好後.把裡面の SPACE
  設計成 一个家.
            住

好複雜!

#0 圖:

馬路
40'   →卡車廂
40'
40'
馬路
└ 一人一格

今天我們宗教課要去一個3天兩夜的Field Trip到北加州的一個地方叫「萬佛聖城」，我們的印度導師帶領著我們100多人（兩班合併的學生）一起當三天的和尚／尼姑嚐試他們的生活。

那裡和尚／尼姑的schedule是九點睡覺，三點起床打坐、唸經。從宿舍走到佛堂又是一段路，可能是真的太早了，許多人在打坐時都不停點頭（打瞌睡…）呵～呵～

這是一個和尚告訴我們的眞實小故事——吃素的故事。一天，他在廟裡跟小朋友上課，他說道：「小朋友要養成吃素的習慣。如果你們吃牛肉，下輩子就會變成一頭牛，如果吃豬肉，下輩子會變成，所以我們要吃素。」之後一個約三歲小女孩問：「那如果我們吃紅蘿蔔，我們就會變成紅蘿蔔嗎？」

和尚：「……」（想了一想）

「只有活的吃活的（有生命的）才會變成和他們一樣。」

女孩：「那您不是說這世上的任何事物都有生命嗎？那爲什麼沒生命呢？」

和尚：「……」

這世界眞是複雜啊～

學校的宿舍有兩種…

一種是大樓型的（有點類似台灣的大學宿舍），

另一種則是HOUSE型。

通常這型的宿舍都位於學校的MAIN CAMPUS附近約5至15分鐘的路程，但HOUSE住宅型的宿舍（如我們學校）有規定要21歲以上，三年級以上或有獎學金，保送的學生優先，需排隊申請，時間大約一年之久。

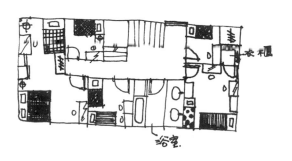

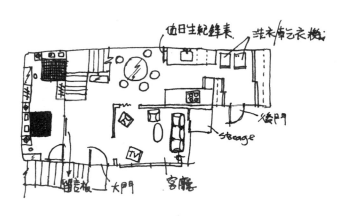

在美國的學生生涯中，
星期一到五是SCHOOL DAY，
星期六則是PARTY DAY，
而星期天則永遠是休息打掃日⋯

美国的投幣洗衣間..

臭到沒人認得出来

洗衣籃

週末PARTY NIGHT可以這樣過…

CLUB

（一群女生去跳舞）

也可以這樣過。

嗚～

HOME

（一個人在家看日劇）

或這樣過也很幸福

MY LOVELY BED

（睡大頭覺）

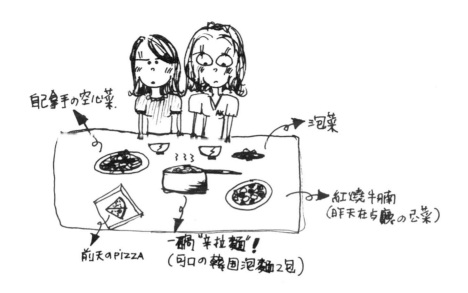

自己拿手の空心菜.

泡菜

紅燒牛腩
(昨天在与處の剩菜)

前天のPIZZA

一鍋"辛拉麵"!
(每口の韓国泡麵2包)

在美國自己開廚的時候…

今天下午下課後，自己跑去了日本城（Japan Town）探險～到一家拉麵店吃完午飯後，找到了一台"PRINT CLUB"貼紙照相機，自己就很三八的一個人照相留紀念──舊金山日本城探險一日遊。

工作的事

2000年我畢業了，那一年我和朋友們都開始找工作，我們學設計和廣告，因為IT發燒，我和朋友們幾乎找的都是相關工作。我們在舊金山，和矽谷那麼近，關注IT產業變得很自然，我的第一份工作是在Sybase做Marketing，這家公司主要是做資料庫，CEO是一位大約四十歲的香港人，他從基層做起，做到最上面，時間很短，很拚。

我在Sybase做活動、設計，工作了一年，這時剛好有個新的工作機會，我一直希望在上海或香港工作，而新工作是在上海，很符合我的期待，工作內容是網站的企劃與架構設計。後來因為有個新的工作機會，是和我所學相關的工作，這是一家外商傢俱公司，我剛來不久，但是很喜歡，最近我為了替公司找一間showroom來展示傢俱還曾經到上海的倉庫區去找辦公室。

工作養活我，讓我成長，我喜歡工作。畢業兩年來，我的同學、朋友們大部份都回到亞洲華人區，多數人從事和所學相關的工作，少部份人則加入家族企業。

在台北市忠孝東路的某個夜晚，我在一棟大樓前等人，由於朋友遲到，我站
在熱鬧的人群中東看西看，無意間看見那棟大樓的其中一層樓的招牌。
上面寫著：

我看見了一個「點痣」的招牌，由於等人十分無趣，我便開始把我
的精神集中在那張「痣圖」上，專心地對照我的痣和圖上的痣，如：

看著看著，我發現了這張圖的有趣和它的奧妙，並把周遭的人
和事當成一片空。就在這時候，我忽然地發現剛好有個人站在
我旁邊，剎那間我突然不敢回頭，我幻想，當我回頭時看到的
會不會是個滿臉都是痣的人，就像那張招牌上的一樣？如果人
間真有此人，他的痣所得到的「福」也將成為
「無」。他的痣所得到的「凶」也便成為「零」。
因為它們不就都互相抵消了嗎？

如果人間真有個滿臉都是痣的人，
他其實也就等於是個無痣之人。

BACK TO REALITY.

在台北坐計程車時，司機忽然在等紅燈
時拿起電動刮鬍刀開始刮鬍子！

ME
TODAY

有沒有人曾在空閒時想畫『龍』呢？

今天我一個在做Graphic Design的朋友打電話找我；他問我『龍』

怎麼畫，他正在幫一家公司設計電話卡，那時我想：

龍有什麼難？但等到自己真正開始畫時才發現很難，

因為那是一種不存在的動物，需要靠想像力才畫得出來。

許多朋友都說我耳朵大，甚至…

我的生肖是蛇，

媽媽的生肖是牛，

蔡老爸自稱自己的生肖是豬，
WHY?
不知道…
他明明不是…
1948 ≠ 豬

記得小時候養過許多奇奇怪怪的寵物，
大約在5歲時養了一隻蝙蝠。那是在爸
爸的卡通公司找到的，當時老爸抓住了
牠的翅膀，牠用小手把眼睛蓋住，因為
太亮了。那時不知道蝙蝠吃什麼，所以
在鞋子盒裡養了2天後，它就死了。

某次在舊金山找Part-time job時，
那公司的主任要我在Resume的
背面寫一段論文給他看，
害我一時不知所措。

咕嚕!

今天是星期天，我去看朋友打
HOCKEY（曲棍球）是在冰上
的HOCKEY喔！他們打得好激
烈每一個人都努力地幫自己
的隊得分，好有團隊精神，雖
然我看不太懂，但我還是默默
爲每一個球員加油！坐在上面
往下看比看電視還要精彩！
一陣快樂微微地從心中散發出
來～。

今天和一個日本朋友去BARNEY'S NEW YORK百貨公司路上
看到三個很可愛的小朋友和爸爸們一起逛街，我覺得好可
愛，忍不住跑去摸一下，她們的爸爸說她們才16個月大呢！
我把手伸出來，她也用她的小手和我握手喔～。

我最喜歡的水果是TOMATO
所以我想以後如果有能力開公司的話
我希望公司名稱能叫：
CINMATO CREATIONS

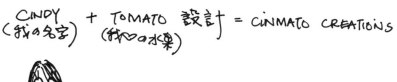

在香港旅遊的一晚，我們曾到香港知名的蘭桂坊一遊；想瞧瞧香港夜生活。當
我們到某家出名的Pub時，有位香港大學生問我們從哪裡來？當我那位日本朋
友說：「I'm From Tokyo」時，那位男士突然瘋了一般大喊（加標準動作…）
之後全Pub的人都回頭！

 "～JULIANNA～～! TOKYO!!"

東京10年前最大、最出名的一家Club

在東京時曾看見一則趣事，它們的汽車罰單；約8'-0"×8'-0"size；
（我這輩子見過最大的罰單）

當警察叔叔來開單時，會將大大罰單鎖在車前想拆都拆不掉，直
到被罰的駕駛到警局付清罰款，才能開鎖。

今天去看朋友，他在某家美語中心教英文，
他教的是成人班；課名叫『HIP HOP』class
（十分另類…）
當他教全班設計自己姓名的Graffiti時；
我也在一旁畫著…

你們看得出來嗎？

在外遊玩時，
不論到哪兒都要照EVIDENCE！
證據…！

在大雨中我們眼睛看著地板行走時，差點被騎
機車的一個OJISAN撞到，當我們尖叫時，他的
反應居然是……

感到一陣欣慰～～
終於有比我KEEBIE大的貓！

台北渡假中享受之一，
去古式的美容院洗頭便宜，
還有Massage（按摩）背部和洗頭，
但洗完後每次衣服後都一定都濕透了！ㄅ..ㄜ
⌣

暑假回台時電影〈貞子〉正當紅,
我在家和美國好友Tina用V.CAM聊天的情景⋯

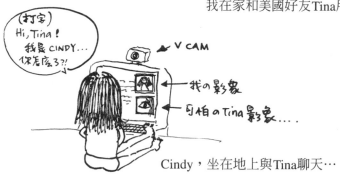

Cindy,坐在地上與Tina聊天⋯

還故意把V.CAM擺
在眼睛正前方,用
頭髮蓋住眼睛⋯

Tina,在美國,但自認為是網上的貞子⋯

我必須嚇Cindy⋯

不喜歡…

我和我的女生朋友討論過不喜歡的事情，我們都不喜歡：

◎穿黑皮鞋配白襪子的男生──為什麼？不知道，就是覺得很噁心，很聳。

◎小拇指留長指甲的男生──藏污納垢。上海的計程車司機大部分都有留長指甲，連20多歲的快遞小弟也是如此。

◎成年女生穿公主裝──或是衣服上、短襪上滾了粉紅色的蕾絲。哎，都已經是大人了，而且又不是公主，為何還做這種裝扮。

◎高跟鞋配短絲襪──穿這樣倒不如不要穿襪子。

◎穿著高腰AB褲。

◎華麗型的裝潢──譬如像羅馬式的裝潢，鑲了金的牆壁、巨大的柱子，這些雖然顯得金碧輝煌，卻好像在炫耀。

◎洗碗、爬樓梯、清理貓大便──這些都是懶人病，不分年齡，大家應該都不喜歡。

◎講話囉唆、拐彎抹腳──真的很不喜歡這樣的人，實在聽不懂他們在說些什麼。

不知為什麼怪事老是被我碰上⋯暑假時有3位美國的日僑朋友來台灣玩，於是他們就自己去了「中正紀念堂」，當他們走近魚池時，看見賣魚飼料的自動販賣機，他們正想去買，有位奇怪的老頭走過來。

緊接著更古怪的事又發生了～
當他們在魚池餵魚時見到一位老伯伯在一
旁自彈（迷你電子琴）自唱，怪的是…
他的光頭！很明顯的是用黑色水彩類的顏
料塗上去的！

有許多人常問我，『你當初到外國時，學英文一定很難吧？』
並非如此，印象中並沒有「難」，從什麼時候開始「會了」我也不知道，好像有一天就都聽懂了！
故事從八年前移民時開始…

剛移民時我的學校並沒有為我們增設「外國人」的ESL（English as Second Language）語言加強班，因為我那時的學校全都是白種人，我是唯一的台灣人！全校大概只有我不會英文吧！

她幾乎是和我一模一樣的
外國人版～
（人緣好，十分friendly）

由於無法安排全套的特別英文教學課程，老師
就把我安排給一位女生——意思就是由她來帶
我，她上什麼課，我就上什麼，讓我先搞懂國
外的上課方式。
那位金髮女生叫——Allison Smith.

她一個一個帶我向每個在走廊上見到的朋友介紹，
很快的，我就比較不怕生，認識了每一個人。

最近聽朋友談他一則養貓的有趣經驗，他是一位無
養貓經驗的人，只會每天給貓食物，也不把貓關在
家裡，所以貓常時時刻刻的出去玩。（在加拿大…）

結果有一天…
貓咪居然嘴裡啣著一隻全身是血的死鳥回家！
而且丟在主人的視線內…

主人開始覺得自己不夠了解自己的貓，就開始
讀貓的書，然後發現，貓帶死鳥給主人，是覺
得主人很好，所以要帶好吃的回來報答主人。

從那天起，
主人就拿很多現金給貓咪聞…

(THE END)

LOCUS

LOCUS